푸른사상
시선
48

너덜겅 편지

김 완 시집

푸른사상 시선 48

너덜겅 편지

1판 1쇄 · 2014년 9월 30일
1판 2쇄 · 2015년 4월 15일

지은이 · 김 완
펴낸이 · 한봉숙
펴낸곳 · 푸른사상
주간 · 맹문재 | 편집 · 지순이 | 교정 · 김소영

등록 · 1999년 7월 8일 제2−2876호
주소 · 서울시 중구 충무로 29(초동) 아시아미디어타워 502호
대표전화 · 02) 2268−8706(7) | 팩시밀리 · 02) 2268−8708
이메일 · prun21c@hanmail.net / prunsasang@naver.com
홈페이지 · http://www.prun21c.com

ISBN 979−11−308−0287−9 03810
ISBN 978−89−5640−765−4 04810 (세트)

값 8,000원

이 도서의 국립중앙도서관 출판시도서목록(CIP)은 서지정보유통지원시스템 홈페이지(http://seoji.nl.go.kr)와 국가자료공동목록시스템(http://www.nl.go.kr/kolisnet)에서 이용하실 수 있습니다. (CIP제어번호 : CIP2014027682)

너덜겅 편지

| 시인의 말 |

마음이 답답해 한동안 산에 열심히 다녔다. 세상은 달라지지 않았고 역사는 반복된다는 교훈을 몸으로 체험했다. 반복을 위장한 시간에 갇혀 세상물정 모르고 살아갈 순 없었다. 세월호 앞에서는 모든 말길이 끊긴다. 부족한 말들을 세상 밖으로 떠나보내려니 두려움이 앞선다. 나의 말들이 세상에서 길을 잃고 헤맨다 해도 할 수 없다. 어제의 말을 잊어버려야 오늘 자유로워지리니.

2014년 여름 송화마을에서
김완

| 차례 |

제2부 배고픈 다리 가는 길

제3부 여행

제4부 여름 같은 봄이 온다

제1부

겨울 산에 들다

사월의 눈들

무등산 새인봉에 눈이 쌓여 있다
지난여름 태풍에 넘어진 소나무
사이사이 피어 있는
진달래의 얼굴 창백하다
그대 두견새 피울음의 꽃이여
외로 필 땐 수줍어도
무리 지으면 왜 붉게 출렁이는가
쌓인 눈 속 핏빛 상처 되살아난다
서민들 곰비임비 목숨 끊고
남북 갈등 무장 커져가는
다산이 눈감은 이 사월의 봄날
하양과 분홍 사이 겨레의 피 흐르는데
너를 쳐다보는 사월의 눈들 애처롭다

너덜겅* 편지 1

물은 보이지 않고 물소리만 청량한
겨울 너덜겅에서 편지를 쓴다
일만 마리의 물고기가 돌로 변했다는
크고 작은 돌무더기 위에 하얀 눈 쌓여 있다
새들이 눈 위에 새긴 경전들
섣달 된바람은 알고 있을까
아무도 해독할 수 없는 문자들
드넓은 돌 바다를 바라보며
멀리 떠난 그대의 안부를 묻는다
몸 성히 잘 있는지 꿈은 상하지 않았는지
바위에 내린 이슬이 모여 만들어진다는
너덜경 근처 규봉암의 감로수
그대와 더불어 마실 수 있으면 좋으련만
날마다 출렁이는 생의 바다
그 파도 속에 우주의 이치 담겨 있다
너덜경 군데군데 숨어 있는 풍혈대처럼
알 수 없는 생각의 깊이에서
올라오는 따뜻한 울렁임이 있다

바람 불고 눈 내리는 한겨울 오후
그대에게 가는 길 아득한데
수천만 년 단단한 그리움이 흩어져
크고 작은 돌들로 흘러내리는 곳에서
돌과 나의 울음소리를 전한다

* 돌이 많이 흩어져 있는 비탈.

겨울 산에 들다

무등산 옛길 2구간 숲으로 들어선다 까마귀 운다 촘촘해진 숲으로 잘 보이지 않던 먼 우측 능선까지 환하다 괴물이라고 할 수밖에 없는 지난여름 태풍 볼라벤의 숨소리 이곳저곳에 남아 있다 쇠가마터, 주검동유적지(鑄劍洞遺蹟地)*, 치마바위, 물통거리 구간에는 오래된 시간이 서성거린다 사백여 년 전의 계사년이 다시 돌아왔다 임진왜란 다음해인 계사년 충장공의 행적을 상상하는데 우리를 쳐다보는 배고픈 직박구리 한 마리의 눈빛이 젖어 있다

원효사 계곡의 시원지(始原池) 얼어붙은 얼음 아래로 토하지 못한 말들, 뚝뚝 흘러내린다 말없이 지켜보는 겨울나무, 부르르 눈을 턴다 길은 늘 갈라지고 다시 만나는 법, 작은 시내가 통째로 얼어붙어 있는 얼음바위와 서석대로 갈라지는 길에 한 사내가 쉬고 있다 시대를 뛰어넘어 한 길로 향해 가는 역사, 한 그루 나무와 한 무리의 숲은 더불어 가면서도 각자 가는 산행과 닮아 있다 폐부 깊숙이 들어간 찬 공기가 머리를 맑게 하는, 바람이 시간을 만들어 호명하는 순간 달

아나버리는, 오래된 시간이 바닥까지 드러나는 겨울 산에 들다

* 무등산 옛길을 따라 원효사에서 800m가량 올라가다 보면 왼쪽에 160㎡ 규모로 조성된 제철 유적지가 있는데 이 유적지는 충장공 김덕령(金德齡, 1567~1596) 장군이 임진왜란 때 철을 이용해 무기를 만들었던 장소라고 『신증동국여지승람』에 기록돼 있다. 제철 유적지에서 300m가량 올라가면 주검동(鑄劍洞)이라고 불리는 바위에 '萬曆癸巳 義兵大將 金忠壯公 鑄劍洞'이란 글귀가 새겨져 있다.

봄, 소주

벚꽃잎 분분분 날리는
부곡정에 들어선다

연탄불 돼지 삼겹살 구이
상추에 마늘, 매운 고추 얹어
된장 쌈 하니
세상살이 여여(如如)하다

도가지 헐어 내온 갓지에
소주 한 잔 하니
가야 할 길들 환해진다

너덜겅 편지 2

바람재에서 토끼등으로 가는 길
무등산 덕산 너덜겅을 바라본다
켜켜이 쌓인 회색빛 시간이 풍화되어
무리 지어 흘러내리는 너덜겅
아득히 먼 지상의 모습은
가물거리는 과거일 뿐
시간은 시간의 부재 속에서 찬란하다
그리운 누군가를 떠나보내고
하루하루를 산다는 것은
속도에 맞추어 시간을 견디는 일이다
물러가지 않는 어둠과
그저 오래 눈 맞추는 일이다
무너지고 있는 것들의 아름다움이라니
저물고 있는 것들의 찬란함이라니
그리움도 슬픔도 무리 지어
모이고 흩어지는 너덜겅을 바라보는 것은
먼 하늘 지나가는 바람과 구름에게
오지 않은 시간을 물어보는 일이다

겨울 무등산

십이월이면 해마다 겨울 무등산에 간다
산길 가다보면 헤어지는 길 나온다
돌아가지 않을 거야, 하고 작정하면
가파른 직선 코스가 숨소리를 치받게 한다
다른 길을 택한 이들도 사연이야 있겠지
알고 보면 인생의 모든 날은 휴일
더러는 에둘러 돌아가야 할 날도 있으리
모든 걸 지상에 내려놓은 그늘진 겨울 산
성긴 싸락눈이 흩뿌리는 정상에는
어릴 적 어머니의 날선 회초리 같은
귀 시린 바람의 울음소리 한창이다
지나가는 것은 아픈 것이 아니다
수런거리며 바람의 연골을 주무르는 억새들
혼자 가는 것보다는 더불어 가는 것도 좋구나
왁자지껄 떠드는 우리들 말없이 안아주는 산
돌아오는 길, 생각은 어지러워도
찬바람이 온몸 구석구석 안마하는
산은 언제나 누구에게나 스승이 된다

오월의 숲

나무들의 터널인 휴일의 바람재
사람들 무리지어 오월에 몸을 담근다
휘돌아 갈라지는 산길마다
'동서산악회'라는 화살표가
사람들을 동서로 나누고 있다
유년의 꿈 되새김질하며
아득한 속세로 내려오는 무당골
하늘 높이 솟은 나무마다
보이지 않는 거미줄을 타고
송충이들 지상으로 내려온다
산으로 돌아가려는 늙은 햇살
옛 풍경 사그라지는 숲에서 서성인다
각시붓꽃, 노랑별꽃, 둥굴레차꽃,
층층나무, 이팝나무, 오동나무, 아까시나무
꽃들은 저마다 절정이다
아물지 않는 상처들 잠들지 못해
오월의 숲, 한 공기 이팝꽃 삼키며
허기진 가슴 한켠 울먹이고 있다

너덜겅 편지 3

덕산 너덜겅에 햇볕 짱짱하다
군데군데 너덜겅 가장자리
무심한 허공 향해 피어올린
가녀린 아기덩굴손 보아라
저토록 치열한 연초록 기원이
남아 있는 생의 길 알려준다

바위에 기생하여 죽은 듯 살아가는
이끼들의 오래된 연대를 보아라
타는 목마름 식혀줄 한 조각
매지구름 언제쯤 오려나

좁아 더 정겨운 너덜 인생길
오가는 사람들은 빛나는 오늘
산의 하루를 저장하고 복사하여
아득한 속세에 소식을 전송한다
빈 가슴마다 노란 불이 켜지고
사람들은 제각각 정처 없구나

풍경
— 지리산 뱀사골

간밤 비에 소(沼) 물 불어
계곡의 푸른 물 더 푸르다
지난여름 산 정상에서 굴러 내려온 바위들로
나무가 쪼개지고 별들이 떨어지면서 만든
계곡의 상처들 시리도록 아프다

온갖 생각들 밟으며 계곡을 오른다
지나가는 사람들의 머리 위로
말채나무 꽃잎들 흩날린다
숲은 곧 가을을 맞을 것이다
가슴에 푸른 하늘을 품던
청춘도 노랗게 물들 것이다

시간이 나를 먹고 가픈 숨소리를 낸다
옹이가 박힌 뒤틀린 시간들이 모여
더불어 사는 따스한 숲을 만든다
흘러간 물은 돌아오지 못하는데
긴 계곡이 흔적도 없이 사라지는 곳에서
산 그림자 바람을 맞으며 발을 멈춘다

공룡능선

설악의 아침, 마등령에서 희운각 대피소로 가는 길
잠에서 갓 깬 공룡의 뾰쪽한 등을 타고 걷는다
외가닥 밧줄에 의지해 가파른 돌길을 오른다
오르막 내리막이 예닐곱 차례 반복되고
오른 만큼 다시 내려가야 하는 산
공룡의 용트림이 절정을 이룬 능선의 중간
환하게 트인 1275봉의 산마루 바람 시원하다
이곳은 벌써 가을이다 심호흡하고 둘러보니
바위틈에 가는 쑥부쟁이, 산오이풀, 솔체꽃 피어 있다
사람이 다쳐 헬기가 출동한다
작고한 선배 시인의 시 '도둑산길'이 떠오른다
홀로 뒤쳐져 가고 있는데, 누군가 따라오고 있는 느낌이다
시공을 넘나드는 생각이 꼬리를 물고
세상에 대한 뾰족한 마음 내려놓으라고
오래된 나무 등걸이 머리며 등 다리를 툭툭 내리친다
뫔*을 낮추어 살피지 않으면 넘어지고 걸린다
난공불락의 성처럼 기승을 떨치는 공룡들의 등뼈
모골이 송연해지는 수직의 밧줄 구간

귀떼기청봉, 용아장성, 나한봉, 범봉, 화채봉
모든 걸음걸이가 고맙고 값진 추억이 되리라
사는 동안 한 번쯤 높은 산에 들어
내 안의 탐심을 버리고 뼛속까지 비워보자
설악산 최대 바위 능선에 새긴
오세암에서 봉정암까지 오늘의 산행을 잊지 말자

* 몸과 마음의 합성어.

봉정암에서

이른 저녁 서쪽 하늘에 눈썹달 뜬다
미역국에 밥, 오이무침 몇 개 얹어
저녁공양 마치니 밤바람 소슬하다
수용 인원, 해우소, 잠자리 수 헤아리며
세상살이 두루 서로의 가슴을 내보인다
달과 별이 점점 뚜렷해질수록
산행의 피로가 기분 좋게 몰려온다
절해고도 같은 암자에도 '자본주의'가 뭐라 하는데
누군가 한 표를 행사한다며 목탁을 친다
목탁을 친다는 것은 판을 깬다는 것
모두들 서둘러 말을 삼키고 눈 비비며
잠자리에 들어선다 도반들의 코 고는 소리
이미 한밤중인데 공룡능선 타고 넘어온
공룡들의 꿈속 사내들 가볍게 날고 있다

찰나

삼복더위 속의 산행, 오랜 친구인
내변산 직소폭포와 놀다가
재백이 고개에서 내소사로 가는 길
오전 11시 30분경
구름이 해를 삼킨다
짱짱하던 여름 햇빛 움찔 놀란다
숲이 깜깜해지고
소란하던 풀벌레 울음소리 뚝 그친다
노루새끼 오줌발 같은 비 뿌린다
찰나의 고요……
우주는 여여하구나
미끈한 젊은 햇빛 다시 나온다
매미들 와, 하고 일제히 아우성친다

구월, 그대

그대가 돌아온다는 구월의 첫날
먼발치에서 보려고
무등산 중머리재 올라갑니다
수줍은 듯 구절초 무리 지어 서성이고
사람들 군데군데 수군거립니다
성숙한 여인을 꿈꾸는
억새꽃 봉오리를 햇빛이 닦습니다

땀방울 훔치며 바람과 함께 먹는
김밥 두어 줄과 김치가 전부인 점심
세월이 하 수상하니 구절초 꽃잎 잔에
술 한 잔 따르고 싶습니다
무심한 추억 안주 삼아 마시니
그대 가슴으로 들어와 포근합니다

외지고 험한 길 일부러 들어서니
풍성했던 계곡물 가장자리
지난여름 폭우에도 휩쓸리지 않고

살아남은 풀들 대견하네요
부드러움이 결국 강함을 이긴다는
만고의 진리를 오늘 다시 배웁니다
풍성하던 계곡 물소리 수척해지고
건들바람 부는 구월의 첫날
먹먹한 뫔으로 그대를 기다립니다

제2부

배고픈 다리 가는 길

봄똥

한겨울 남녘 진도에 가서 보아라
바람 많은 섬마을 자드락밭
겨우내 눈이불을 둘러쓰고 있는 배추의 속살
늦게 철든 아이마냥 시나브로 야물어갔다
눈비 먹고 동지섣달 된바람 받아들이며
배추 뿌리는 찰진 흙의 속살 깊이 파고든다
가난해도 웅숭깊은 섬사람들처럼
눈치 보지 않고 서로의 체온으로
언 땅을 녹이니 흙은 말랑말랑 숨을 쉰다
봄 햇발이 겨울 눈 툭툭 털어내면
너나들이 만들어낸 삭은 맛
배춧속에 녹아든 사랑이 일품이다

민들레꽃들

창평 국밥집에 사람들 가득하다
시도 때도 없이 번개처럼 해치운
4대강의 삽질 포클레인에 하얗게 질렸던
얼굴들 오랜만에 웃음꽃이 그득하다
어제 치룬 선거 결과 곱씹으며
상마다 사발마다 걸쭉한 희망이 그득하다
세월의 구비마다 말없이 행동으로
제 할 일 다 하는 민들레꽃들 있어
햇살 다습고 바람 환한 날 있다
잘 삭은 묵은 김치에 달디단 햇양파
매운 고추를 된장에 찍어 먹는 국밥 한 그릇
입에 착 감기는 맛 유별난 날 있다
민들레꽃 진 자리마다
연둣빛 희망의 씨앗 바람에 날린다

한겨울 오후

창평 재래시장에서
어물 좌판을 하는 할머니
늦은 점심을 먹는 둥 마는 둥 하고
손님을 기다린다
바람 불고 해 짧은 하루
무심히 지나가는
사람들의 그림자 어른거린다
애써 모르는 척 담담한 척
다른 곳으로 눈길 돌려도
한겨울 오후 길게 드리우는
할머니의 그림자가 휘청거린다

소주 한 잔

친구 아버지 병문안하고 나오는 날
친구와 나는 자연스럽게
병원 근처 남광주 시장통에 들러
살코기 국밥 시켜놓고 소주 한 잔 한다
오래 참은 울음 한 덩이 삼키듯
말없이 서로 술잔만 비우는데
한가하던 식당 붐비기 시작한다
시장 내 단골손님들 들어선다
주인은 국밥 한 그릇씩 말아주고
객은 서둘러 국밥에 수저 꽂아놓은 채
소주 한 병 먹는다 소리 없이 사람들은
보이지 않은 말의 향기를 만든다
그렇구나 고수는 말이 필요 없구나
아무것도 손에 잡히지 않는다
잡히지 않은 허공을 손이 더듬는다
저마다 이정표 따라 바닥은 선명한데
사람들 몰려다니며 신음소리를 낸다

기다림

돼지 애호박 찌개를 먹으러 평동산단 근처의 식당에 간다 먹구름이 동편 하늘로 몰려가며 잔뜩 인상을 쓴다 빗방울이 후드득 떨어진다 사람들은 스마트폰을 만지며 무언가 하고 있다 기다리는 시간과 맛의 함수를 상상하고 있을까 인생은 막연히 희망을 기다리는 것인지도 모른다

어제 퇴근길 여의도에서는 경제가 파탄난 한 젊은이가 무시무시한 칼로 한반도의 아랫배를 깊이 찔렀다 나라를 뒤흔든 질펀한 피바다, 찬반이 엇갈린 그 소문처럼 상마다 빈 소주병 멋대로 뒹굴고 있다 자본주의 과일 맛에 길들은 젊은이여 인생은 반 고흐의 팔리지 않은 그림처럼 오래 기다려야 하는 것인지도 모른다

기침에 대한 명상

산등성이 위로 먹구름이 지나자
성긴 눈발이 날린다
휴일 아침부터 발작적으로
기침이 터져 나온다
머리에 있던 상상 속 죽음이
가슴으로 옮겨온 듯하다
무작정 막무가내로 터져 나오는 기침에는
잿빛 가래 몇 조각 붙어 있다
말할 수 없었던 말들의 뼈
울음소리가 녹아 있는
지나온 생의 서러운 아우성인가
기침에서 쇳소리가 나는 숨은
온몸으로 남은 생에 대해
경고하는 것인지도 모른다
기관지에 좋다며 내게 생강차를 달여주던 장모님
중환자실에서 내 손 꽉 잡던 애절한 그 눈빛
눈구름 사이로 언뜻 보이는 날
폐에 고인 편견을 퍼내어

있는 그대로 세상을 보라고

온몸을 쥐어짜며 숨이 끊어질 듯

기침이 거푸 터져 나온다

배고픈 다리 가는 길

올 겨울 들어 가장 추운 날이다
고등학교 선후배들 만나러
집에서 약속 장소까지 걷는다
반듯한 아파트 사이사이에
고립된 섬처럼 남아 있는 광주 천변촌
판박이 모양의 이층 주택들
옹기종기 골목길에 줄지어 서 있다
구멍가게 수준의 동네 슈퍼마켓
메마른 겨울을 나고 있다
볕이 잘 들지 않은 그늘진 곳에서
대를 이어온 고리 끊지 못하고
아버지의 술주정은 왜 자꾸 되풀이 되는가
다닥다닥 붙은 골목길에서
낡은 용달차 이삿짐 싣는 중이다
눈발 날리고 바람 세찬 오늘
어디에서 눈바람 피하고 배고픔을 달랠까
초등학교 소풍 갈 때마다
늘 배가 고팠던 '배고픈 다리' 가는 길

세 들어 사는 이층 베란다 위
조각달의 표정 일그러진다
가난했던 어린 시절, 저기
흰 광목수건 머리에 둘러쓴 채
울 엄매, 장갑도 없이 꼬불꼬불 골목길
연탄 두 장 새끼줄 꼬여 들고 오신다

욕망의 구름

새로 조성된 첨단 2지구 신용사거리
코너 2층에 자리한 목이 좋은 곳
부동산 주식 투자로 부자가 된 여자가
화덕에 고기를 굽는 음식점을 개업했다
돈을 손님으로 보는 듯 눈웃음이 묘하다
직장 동료 몇 사람이 어울려
북적이는 가게에 들러 점심을 먹는다
규격화된 세트 메뉴뿐인 음식들
손님들의 요구가 끼어들 여지가 없다
'어서 오십시오'를 일제히 외치는
아르바이트생들의 목소리 쟁쟁하다
소리들은 반짝거리는데 물기가 없다
어수선한 가게를 빠져나와
카페베네에서 잘 포장된
늙지 않는다는 차를 나누어 마신다
건너편 건물 벽 유리창에 비친
욕망의 구름들 천천히 부풀어 오른다

봄 소태역

봄 휴일의 소태역에 가면 문이 빼곡히 열릴 때마다 바람이 기웃거린다 유리창 천장 너머 환한 햇살 피어오른다 문득 하늘로 올라가는 꿈 사다리 하나 내려올 것만 같다 비행기 지나가며 하늘에 그리는 그림, 시시각각 변하는 무지개 빛깔의 구름들, 어릴 적 툇마루에 누워 보던 그때 그 풍경 만날 수 있다 빛고을 도시철도의 종점, 봄 소태역에 가면 어릴 적 흙내 가슴에 품고 수많은 말들과 사연들 먼 길을 나선다

빈집

— B에게

당신과 헤어진 그해 겨울, 가슴 한가운데

바람 들어쳐 윙윙거렸지 당신이 떠난 빈집에서

묵언수행 끝에 온몸으로 알 수 있었지

눈발 휘날리는 봉선동 버스 종점 국밥집

가슴속에서 소용돌이치는 상처와의 싸움 힘겨웠지

침묵이 더 큰 위로가 된다는 약속을 서로 마시고 있었지

사는 것이 쓸쓸하고 외로워도 시린 하늘을 이고 사는

이웃들을 기억하자고 어두운 밤길을 홀로 걸으며 다짐했지

모두가 지나가리니 한결같음으로 넉넉한 바람이 되자고
했지

떠나가는 말들

섬진강 깊은 물속에 잠들어 있는 말[言]을 붙잡고 천둥처럼 번개처럼 한 번에 올 말들 기다리는 시인을 만났다 새벽녘 소여물을 삶으며 해질녘에는 소젓을 짜면서 얼음이 박힌 흙살을 헤치고 제 힘으로 일어나는 들풀 같은 시어를 기다리는 한 농부를 만났다 누군가의 이야기 속에는 누군가의 삶이 배어 있기 마련이었다 이야기를 듣는 것만으로 그의 시간을 조금 나누어 갖는 기분이었다 시간이 갈수록 시인이 기다리는 말이 말라르메*를 절망하게 했던 무(無)의 심연처럼 애매해졌다 상상만으로 알 수 있는 것이 아니라는 듯 버려진 말들이 어지러이 뒹구는 기척이 났다 그와 함께 돈오돈수와 돈오점수의 말들을 매만지는 동안 날이 점차 어두워갔다 어둠 속으로 완성되지 않은 문장들이 거칠게 날아다녔다 지금 죽어도 여한이 없다는 말을 끝으로 그에게서 말들이 떠나가는 것을 알았다 장자의 꿈 같은 어느 화창한 봄날의 저녁이었다

* 프랑스의 상징파 시인.

병실에서
— K형에게

K형, 지독히 춥고 길었던 지난겨울 나는 환자가 되어 있었습니다 몸은 아팠지만 맑고 드높은 정신세계를 꿈꾸며 병원 꼭대기 층 병실에서 수액이며 항생제 주사를 맞고 일주일간 입원을 했었습니다 환자들의 마음을 잘 아는 데는 '가장 큰 병을 앓아본 의사가 가장 훌륭하다'는 말을 회진할 때 전공의 학생들과 즐겁게 말하곤 했지만 아파보니 알겠습니다 너무 상투적으로 건조하게 말하면 안 된다는 걸

동남쪽으로 난 창문을 통해 바깥 풍경을 내다봅니다 가까이 영산강을 가로지르는 다리가 완성되어 개통을 기다리고 있습니다 다른 고장으로 오고 가는 고속도로와 광주 외곽을 순환하는 도로는 변함없이 차들로 분주합니다 굽이굽이 흐르던 영산강은 일직선으로 정비되어 아름답던 강의 모래톱이며 습지들, 갈대숲들이 사라지고 없습니다 언제부터인지 물고기들, 곤충들, 철새들도 없어졌습니다 사라지고 없는 것들은 언제나 눈물짓게 합니다 침대 머리 위에서 벽이 부스럭거립니다 뒤돌아보니 산소가 나오는 산소통의 거치대에서 달그락거리는 소리가 들립니다 다른 아픈 이들이 앞으로 환

자들에게 더욱 잘하라고 내게 신호를 보내는 걸까요

K형, 높은 곳에서는 멀리까지 잘 보입니다 가끔 높은 곳에 올라 아스라이 먼 곳까지 바라볼 수 있으면 좋겠습니다 장승처럼 우두커니 서서 응시할 수 있으면 좋겠습니다 외롭고 적적한 곳에서는 멀리 시간의 강물을 알 수 있으니까요 덧없는 시간의 물결에 흔들림 없이 마음을 다스릴 수 있다면, 뒤틀린 역사와 언어의 바람을 잠재우고 무사히 저 강물을 건널 수 있을까요 땅속에서 솟아나는 샘물처럼 축복은 전적으로 자신에게 달려 있겠지요

환자가 경전이다

봄 들녘에 아지랑이 피어오른다

레지던트 수련 중에
스트레스 견디지 못하고
병원을 떠나는 전공의들
4월 초 담장마다
목련 두근두근 벙그는데
떠나는 이들의
까만 눈망울이 젖어 있다

유구무언

그럼에도 불구하고
환자가 우리들의 경전이다

제3부

여행

엘도라도의 밤

증도의 밤바다에 가서 보았다
북두칠성 선명한
초여름 밤 콘도 엘도라도
황금을 찾아 들어온 정복자들로
얼마나 많은 인디언의 눈물이
하늘로 올라가 별이 되었을까
밤하늘을 오래 올려다보았다
슬픔이 별빛에 녹아 말간 빛으로 반짝였다
내 속의 변절과 탐욕까지 조금 씻어내라고
성마른 주문을 걸어보는 유월 하순
인적 드문 모래사장 한편에는 늦게까지
여자들이 식욕을 덜어내고 있었다
몇몇이서 하는 폭죽놀이는
완강한 어둠을 밀어내기에는
불꽃들이 너무 여렸고
밤하늘을 수놓은 별들에 묻혀
흔적도 없이 흩어지고 있었다
밤 파도가 만드는 시간을 들고나는
선들이 하얗게 부서지고 있었다

삐비꽃에 대한 단상

1

작고 여린 아이들이 떼 지어
바람결 따라 손사래치고 있다
가녀린 꽃, 알갱이들이 이룬
은빛 파도, 은빛 바다가
소리 없이 출렁거리고 있다
소문 없이 바다가 들고나는
아무도 돌보지 않은 개펄
검붉은 칠면초 벗 삼아
사람들 손길 거부한 채
출렁출렁 군무를 추고 있다
세상 사람들 알지 못할 뿐
무리 속에 노란 꽃 숨어 있다
가녀린 아이들이 종일 춤추는 곳
짱뚱어 헤엄치고 뛰노는 곳
저 풍경에 스밀 수만 있다면
풍경 속에 아이들과 나
그대로 풍화될 수만 있다면

2

바람에 일렁인다
색을 다듬는 화가의 손길 떨린다
색은 색과 색 사이
거기 그렇게 존재할 수밖에 없으리
그린다는 것은 그리워한다는 것
그리움은 다른 그리움을 부르는 것
그리움은 무리 지어 출렁이는
은빛 파도, 은빛 바다가 되고
바람에 마구 볼 비비며 춤춘다
개펄의 물길 따라 보랏빛 칠면초와
한 세상을 연출하는
소금창고의 칙칙한 어둠 걷어내고
논두렁 밭두렁 둑방길 따라
모두가 풍경이 되는 순간까지
온전히 몸 맡기고 저물어간다

3

한낮의 햇살 한 땀 한 땀이
순백의 소금으로 익어간다
개펄 건너편 젖은 눈시울의 태평염전
아내가 차려낸 가난한 밥상에는
비싼 푸성귀 자꾸 줄고
한숨만 소금 산처럼 소복하다
누구에게나 좋은 시절은
왔다가 가지만 소금이 익어가는 동안
사내들 밤마다 소주병을 비운다
바람에 하얗게 부서지고 말라가는 개펄
풍경처럼 스밀 수만 있다면
검게 탄 얼굴들 짠한 눈물들도
소리 소문 없이 사라질 수 있으리
소금 익어가는 날, 눈부신 허기를
은빛 군무로 바꾸는 삐비꽃 무리

뻐꾸기 울음소리 들리는 개펄

뻐꾸기 울음소리 들리는 드넓은 개펄이다 그 복판을 가로지르는 짱뚱어 다리에서 그림을 그린다 그리고 싶다고 다 그려지는 것은 아닐 터, 무엇을 그리고 싶은 걸까 벗어버리면 이렇게 편하구나 천사의 섬 증도를 자전거를 타고 달린다 바람을 가르며 남들 모르는 비경을 홀로 알고 있는 듯 여유롭게 달린다 공연장에는 관광버스에서 내린 무리들 서성인다 사람들은 보지 못한다 숨겨진 내면의 모습을

개펄에 들어가지 말라는 안내문을 비웃으며 들어가 사진 찍고 설쳐대는 사람들 있다 초여름 바람에 하얗게 부서지고 말라가는 개펄 한켠, 목마름으로 등뼈가 휜 작은 어선 유성호, 오래된 그물을 손질하는 어부의 손길이 그대로 풍화되어 간다 풍경이 곰삭아 묵은 생각이 맛있게 우러나는 아침, 시간의 황무지를 꿈꾸며 오랫동안 부재를 통해서만 존재하는 그 시간을 깊이 들여다본다 그녀는 항상 실체가 없다

북경일기 2
— 만리장성

시월의 마지막 날 만리장성에 오른다
쌍봉낙타 한 마리가
팔달장성 입구에서 사람들을 구경한다
오랑캐라 불렸던 동이의 후손
케이블카를 타고 만리장성을 오른다
칼바람 북풍이 장성 따라 몰아치는데
사람들의 물결이 흥성흥성하다
돌 한 장에 가문의 운명이 걸려 있는
무너져 내리면 구족을 멸했다는
성곽의 돌을 들여다본다 아득하다
깨알 같은 많은 이름 새겨져 있다
늘 아픈 역사 속의 이름 없는 백성들
높이 오를수록 돌산 악산뿐인 곳
6350Km, 1Km는 2.5리로 만 리가 넘는다는 뜻
만리장성에 스며든 백성들의
눈물과 피와 땀의 총량은 얼마나 될까
아이를 둘둘 포대에 감싸 안고
길 오르는 젊은 부부의 미소 해맑다

내려오는 케이블카 안에서 담배를 권하는 중국인
주마간산, 그저 보고 지나가는 거지
산도 물도 없는 북경, 저만치 감 따는 풍경이
사람 사는 곳은 다 비슷하다

차마고도(茶馬古道)의 밤

첫날 여정을 중도 객잔에서 푼다
눈앞 설산은 마구 달려들고
달도 별도 없는 어두운 밤은 깊어
금사강(金莎江)의 물소리 청량하다
쥐와 새나 다다를 수 있다는 차마고도
티베트의 말과 가죽, 소금으로
윈난성의 차, 곡식, 의류를 구하려
목숨을 걸고 넘나들던 길
마방들의 땀과 피눈물이 쉬어가던 객잔
한때는 홍군이 대장정을 했던 곳
눈이 밝아지자 사위가 고요하다
여행자 중의 한 사람이
오늘이 자기 생일이라고 하자
탄생을 축하하듯 마른 천둥번개가
번쩍, 크 쿠루루쾅 화답한다
선조들의 해골로는 바가지를
긴뼈로는 피리를 만들어 지닌다는
티베트의 전통과 역사를 생각한다

대를 이어온 그 피리 소리

비바람에 섞여 구슬피 들려온다

와운 마을에서

나무는 사백 년을 살기 어렵다는데
마을을 굽어보는 천 년된 소나무 두 그루
구름도 누워 지나가는 곳에
열댓 가구 삼십여 명의 주민이 살고 있다
마을로 오르는 시멘트 길에
선명하게 찍혀 있는 작은 발자국,

나무가 울고 별이 떨어지는 밤
무슨 급한 사연 있어
서둘러 산을 내려갔을까

태풍과 바람의 통로인 계곡
그 밤의 아픈 물 오늘은 푸르구나

지리산 달궁 계곡 근처 와운 마을에 오르면
가슴속에 미완성인 채로 남아 있는
빨치산이란 이름의 숨 가쁜 말 떠오른다
바위를 가르는 나무의 무서운 집념처럼

짧은 삶의 격렬함과 슬픔에 대하여

아픈 사람들의 오래된 이야기가 전해오는

와운 마을, 사진첩 속에는 다랭이 논이 서 있다

꼭이라는 말

간절히 빌어본 사람은 안다
꼭, 이라는 말이 얼마나 절절한지를

둥지를 떠났던 새들이 창공에서
날아와 아침 숲에 안긴다

온갖 새들이 지저귀는
울긋불긋한 가을 숲을 보면 떠오른다

이번 가을엔 꼭 함께 여행 가자는
꿈같이 달콤하기도 하고

안타깝고 간절하기도 한
꼭, 이라는 말, 참 아심찬하다

여행

여행은 풍경과 풍경 사이를 건너가는 기록이다 이동하는 차 안에서 긍정의 미학에 대해 이야기한다 긍정의 사유에는 절망도 희망이 되게 하는 마법 같은 것이 있다 시간을 견딘다는 것, 풍경을 함께 본다는 것, 남의 이야기에 오래 귀 기울인다는 것, 오래된 사유에는 상처 난 과일에서 나는 달콤함이 있다 혼을 빼는 치명적인 유혹이 있다

배를 기다리는 동안, 모퉁이를 베어 먹힌 시간의 틈새로 빛나는 여름의 햇빛 환하다 다급한 어미 갈매기의 소리 시끄럽다 시간의 크기를 재어본다 반복이 위장되어 있는 시간에 갇혀 있다 모두들 서서히 죽어가고 있는 것이다 낯선 풍경만이 순결이다 순결한 여백이 있어야 그럴 수 있다

인라인스케이트 2

어릴 적 기억 새록새록 솟아오르는
가을 섬진강 압록에 간다
동네 꼬맹이들 한데 몰려다니며
누가 물속에 오래 있는가 내기하던 일
고구마 몇 개 나눠먹던 시절
내 손 놓지 않던 둘째 형 모습도 보인다
도회지 사람들 다투어 전원주택을 짓는 마음
두물머리 푸른 강물을 만나면 덧없구나
섬진강변에서 인라인스케이트를 탄다
가을이 칠한 오색 물감 속으로 무리지어 들어간다
콩대를 정리하는지, 참깨를 터는지
한갓진 곳에서 홀로 일하는 사람들이 있다
'전원주택지 분양'이라는 현수막 앞을 지나간다
군데군데 깔다구들의 천라지망을 뚫고
나아간다 낡은 자전거가 부부와 아이를 태우고
깔깔대며 반대편으로 사라진다
지난달 태풍에 떨어진 감들
잎사귀 다 털린 가로수들

제 그림자 홀로 깊어가는 고즈넉한 가을

더불어 인라인스케이트를 타면

헝클어진 마음 바닥까지 가라앉는다

우실바다 펜션

새벽녘 우실바다에 비 내린다
바닷가 방파제에서 설쳐대는 갯강구는
수십 개의 문어발로 음습한 곳에서
창궐하는 자본주의의 좀비다
먹이를 찾아 종종거리는 물총새는
고단한 생을 지고 사는 도시의 민중이다
양식장 부표 하나씩 차지하고 앉아 있는
갈매기는 기득권 세력이다

수출용 패류 생산 지정 해역이라는
미국 FDA 표시가 되어 있는
개발의 잔해 이곳저곳 흩어져 있는 포구
호박꽃, 도라지꽃, 방풍꽃 사이좋게 피어 있다
출항하는 뱃소리에 놀라 잠 깬 새들
어두운 하늘에서 끼룩끼룩 울고 있다

새로 개업한 펜션 방에는 나비가 살고 있다
초록 나무 커튼 흰 꽃무늬 벽지

잎새마다 회색, 자주, 밤색 나비가 난다
"당신을 사랑해요 모든 이에게
 모든 것이 되고 싶지는 않아요
 어떤 이에게만 어떤 것이 되고 싶어요"
대답 없는 새벽 우실바다, 홀로 고요하다

우주의 소리

차마고도(茶馬古道) 중도객잔의 아침, 벅차게 밀려온다 번뇌로 가득 찼던 마음 간데없고, 알 수 없이 차오르는 소리들

강아지, 닭, 염소, 돼지, 소, 말, 아이들이 눈 부비며 우는 소리, 새들의 분주한 지저귐, 홀로 외로운 종 소리, 누군가 부르는 방울 소리, 산이 마을로 우르르 내려오는 소리, 금사강이 콸콸콸 깨어나는 소리, 해 뜨자 구름이 기지개 펴는 소리, 삼라만상이 눈 뜨는 우주의 소리……

모든 사물은 제 몸에 시간과 역사를 아로새긴다

어떤 거대한 힘도 자연이 내는 묵음(默音)의 소리 가둘 수는 없다 개심(開心)이란 마음을 내려놓는 일, 어디서든 우주의 소리 멈추지 않는다

산수유꽃 봄을 부르다

천 년을 살았다는 할머니 몸에서 구시렁거리며 노란빛이 대기 속으로 퍼져나가면 구례군 산동면 개척마을에 봄이 온 것이다 꽃샘바람이 소맷자락 붙들고 앙탈부릴 때, 지리산 골골마다 얼음은 녹아 계곡의 시린 물 기지개를 켜며 몸서리친다 간지러운 봄 햇살에 삐죽이 손 내밀어 봄을 제 몸속에 가두고 삭혀 네 빛이 세상 밖으로 진노랑에서 환한 노랑으로 향하면 이미 봄은 온 것이다

연초록색으로 진군하는 봄 들녘마다 점점이 박혀 있는 흑염소들의 풍경이라니 굽이굽이 산동마을 꽃담 길 겨우내 숨죽인 이끼들 파랗게 물오르는 모습이라니 가까운 수평저수지 암수가 평생 수평적으로 산다는 원앙들 날아오르기 시작하면, 도회지의 낯선 남녀들 자주 찾아오기 시작하면 이미 봄날인 거다

먹먹한 사랑

제 몸을 불살라
하늘과 바다를
핏빛으로 물들이는

뜨겁게 타올랐다가
한순간 뼈와 재로
사라지는 소신공양

못다 한 말 통째로
바닷속으로 삼키는
저 장엄한 침몰

아스라이 출렁인다
먹먹한 사랑 하나

제4부

여름 같은 봄이 온다

강이 운다

장마가 시작되는 모양이다
출근길 산동교 신호등이 고장 나 있다

공안 전문 검사가 검찰총장에 내정되었다고
라디오의 아침 뉴스 요란하다

나는 내 방식대로 숨쉴 것이다
누가 강한지는 두고 보자*

밤새 내린 비로 영산강 강물 불어 있다
황톳물 되어 오랜만에 강이 운다

* 헨리 데이비드 소로, 『시민 불복종』에서.

시인과 느티나무

밤에 보는 느티나무는 늘 빛난다
야간 공부 끝내고 내려오는 행정관 앞
잘생긴 한 그루의 그가 서 있다
잘 빠진 몸매가 거느리고 있는
황홀한 연초록 이파리들
이파리들마다 방울방울 빛방울 달고 있다
그도 우리처럼 무슨 공부를 하고 있는 걸까
하늘에서 별들의 웃음소리 들리면
그의 빛나는 영혼이 별들에 닿는 듯하다
덩달아 시인이 꿈꾸는 영혼도
통째로 하늘로 올라갈 것만 같다
날 흐리고 비바람 몰아치는
시가 잘 써지지 않은 밤이면
가끔 바람에 뒤척이고 흔들리는
그의 울음소리, 시인의 가슴에서
소용돌이치기도 한다
상처마다 구멍 숭숭 뚫린 가슴에
바람 들어차 외로운 날이면

그도 뿌리 뻗어 땅을 움켜쥐어야 한다
수액을 밀어 올리는 맹목적인 그의 사랑
가슴에서 어머니의 강이 되어
소리 없이 흐르고 있다
그와 더불어 한참 이야기하다 보면
시인도 어느덧 밤하늘의 별이 된다

똥구멍 경전

생각에 잠겨 똥을 누는데
가느다란 피리 소리 들린다
문득 정신 차리니
똥이 나오며 읊는 독경이다
어제 품었던 욕망들
허공에 터트린 분노들
술 취해 지껄인 험담들
다 구린 냄새난다고
오늘 아침 똥구멍에서
회초리 들고 말씀하신다

진실은 불편한 것

풍성한 여름에는 보이지 않더니
빈 몸으로 서 있는 참나무 뒤편에
퀭한 눈, 없어진 코, 문드러진 입술로
해골의 형체를 드러내는 바위여
진실은 진실로 불편한 것이구나
무등산 새인봉 겨울 풍경 스산하다

발자국

눈 내린 이른 아침
길 위에 남은 발자국들
초원의 유목민들 생각나게 한다
정주(定住)의 집에서
낯선 곳으로 가야 했던
아라비아 무역상의
걸음걸이 생각나게 한다

도시 유목민의 삶
발자국마다 결연하다

죽음의 강

새벽녘 광주 제2순환도로를 달린다
서창 지하 차도 지나 극락강을 끼고 도는
상무대교와 유덕 톨게이트 사이쯤 가면
바람결 따라 시궁창 냄새가 난다
광주천이 극락강과 합쳐지며
도시의 온갖 더러운 것들
걸러지지 않은 채 흘러나오는 곳이다
화려한 빛고을의 조명 아래
도시의 숨겨진 부조리가 지금
시나브로 곪아가고 있는가 한때
(주)광주순환도로투자 대표이사가
청기와집의 장조카였다는 말이 사실일까
병원 연구실의 세면대도 고친 뒤부터
어찌된 일인지 시궁창 냄새가 올라온다
연구실에 들어설 때마다 구토를 느끼는
새벽녘 술이 덜 깬 내 몸 어디도
무언가 부패하고 있는 것일까
도시 전체가 죽음의 강이 되었구나

오월에 내리는 비

오월 들어 연사흘 내린 비로
꽃들의 울음소리 들린다
빨갛게 타들어가던 농심도
무등산도 뿌리까지 젖어 있다
외롭고 아픈 오월이 오면
해마다 돌아오는 가슴앓이
큰아들 생일날 산통처럼
온몸이 아프다는 어머니
뿌연 시야 안개비 내린다
이 땅의 보수 언론 매체들
역사 지우는 작업 한창이다
분하고 성난 마음 내려놓자
진리는 제멋대로 시절에 따라
달라지지 않는다는 것
우리가 꿈꾸는 화엄 세상
언젠가 오리라는 믿음
신념을 사랑을 구걸하지 말자
감꽃 떨어지는 오월 말

뒤란 장독대에 쪼그리고 앉아
떨어진 감 소금물에 담그던
누이 모습 부옇게 가물거린다

동서화합이라는 말

장맛비 뚫고 광주에서 경주로 차 몰고 간다
오늘은 만델라의 조국 남아프리카공화국에서
월드컵 축구 십육강전이 열리는 날이다
적들을 용서하고 서로가 서로의 일부가 된 사랑
자유를 향한 머나먼 그의 여정이
세계 곳곳에 꽃 피고 열매 맺는 날이다
이천십 년 영호남 심장학회 참가하러 간다
학문적 교류는 벌써 이십 년이 넘는다
옛부터 영호남 간의 학문적 교류 많았다
조선 중기 대학자 이황과 젊은 학자 기대승 간에
십이 년간 서한을 주고받으며 팔 년 동안
사단칠정론을 주제로 벌였던 논쟁 유명하다
이십일 세기에는 유비쿼터스 아이티 강국의 정신으로
어디서든 마음껏 토론할 수 있겠다
보이는 산마다 밤꽃을 하얗게 둘러쓰고
장맛비 속에 '오 필승 코리아' 응원 중이다
동서화합이라는 말은 정치적인 쇼일 뿐이다
덜커덕거리던 내 심장도 오늘 아침은 평온하다

개나리가 손 흔드는 아침

비 내리는 아침 도로가 차들로 붐빈다
어젯밤 비로 순환도로 옆 개나리의 여린 손들
성큼 자라 또 하나의 손 흔든다
라디오는 민간인 사찰 파동에 대해
날선 언어로 인터뷰 중이다
말하는 목소리가 조금 떨린다
신호등을 기다리는 동안
저물어가는 한 시절을 생각한다
모든 것은 다 지나가리라
긴 신호등의 터널을 빠져나오자
길가에 늘어선 개나리의 여린 손들
봄이 왔다고 노란 손 일제히 흔들어댄다
드디어 본격적으로 봄이 진격해오는 것이다

여름 같은 봄이 온다

담양 관방천변 '진우네 국수집'에
손님들 넘쳐 앉을 자리가 없다
'옛날진미국수집'은 텅 비어 있는데
아무도 가려고 하지 않는다
사람 사는 세상을 어쩌고 중얼거리며
우리가 앞장서 빈 국숫집으로 들어간다
강물에 봄 햇살 튀어 눈이 부시다
햇살 비추는 바깥 마루에 자리를 잡자
할 일 없어 진우네 가게를 힐끔거리던
총각이 서둘러 우리를 맞는다
반팔차림 총각의 팔에 새겨진 문신
'Don't stop dreaming'
멸치 국물국수, 열무 비빔국수
삶은 달걀 서너 개 오른 개다리소반에
둥그렇게 둘러앉아 막걸리 한 사발씩 돌린다
누구도 부럽지 않은 점심
왁자지껄 웃음소리에 은근하게
한낮 관방천의 공기가 달아오른다

세상은 저절로 좋아지지 않는다

느닷없이 여름 같은 봄이 온다

봄 강, 아무 일도 없는 것처럼

삼인칭으로 가만가만 헤엄치던 녀석이
이인칭으로 급변하며 물구나무서기를 한다

관방천 쇠오리 물갈퀴에 여린 햇살 묻어 있다

오다가다 어느 곳에 흘린 내 머리카락에도
오래된 고독 잃어버린 시간이 묻어 있다

상처를 덮고 모질게 사는 데 필요한 조건은
실패를 해체하여 뒤집어보면 알 수 있다

적당한 허기가 정신을 맑게 하는 법

짭조름한 그녀의 파문이 알싸하게 퍼진다
아무 일도 없었던 것처럼 강물 다시 흐른다

한 사람

부쩍 추워진 이른 아침 출근길이다
첨단 2지구 신용 지하 차도 사거리
빨간 신호등 켜진다 질주하던 차들
멈춘다 사거리에, 잠깐 정적이 감돈다
횡단보도 신호등 아래
누군가 팻말을 들고 서 있다
작은 키에 앳된 티가 나는 한 여자

9명 해고 조합원 노조원 된다고 전교조 해체 부당합니다
전교조를 지켜주세요

얼굴 중간까지 닿는 손 팻말
먼발치 차 안에서 눈시울이 뜨겁다
아침부터 누가 그녀를 문밖으로 내치는가
시퍼렇게 멍든 가슴이
손사래를 치며 마구 달아난다
겨울 오는 계절에 어두운 비 내리니
이른 아침 한 사람 울고 서 있다

추한민국의 사월

사월의 혼령들 떠도는 무돌길에 든다
잎이 변해 가시가 된다는
탱자나무의 어린 가시 만져본다
돌아올 수 없는 항해였을까
봄의 눈부신 햇살 속 솜털 씨앗들
이 산 저 산 떠돈다 어디로 가야 하나
빛과 슬픔은 소리도 색도 없구나
스스로 터져 나와 제 몸 제물로 바치는
그네들의 눈물겨운 비행 아름답다
길 잃은 아기 흑염소의 눈망울에
맹골수로 찬 물속 어린 육신들
탱자나무 연초록 가시 겹쳐 아른거린다
말 많은 세상 숲 '가만히 있으라'는
'바람을 기다리라'는 말 듣지 않고
뛰쳐나가 후손을 퍼뜨리기 위한
민들레, 할미꽃, 물솜방망이 씨앗들의 비상
한꺼번에 피었다 진 봄꽃들
피지도 못하고 진 청춘들이여

'아이들이 떠오르자 쓰러지는 엄마들'
분노는 골수에 스미어 병이 되고
세상에서 가장 강한 것
슬픔은 평생 몸속 가시가 된다
사랑은 보이지 않을수록 더 깊어지는 법
우주를 맴도는 솜털 씨앗들
저 아래 대한민국 내려다본다
세월호 따라 침몰한 추한민국의 사월
여린 잎을 틔우는 나무가 울먹이고
깊이를 알 수 없는 분노의 바다가 출렁인다
잠든 산하와 내 병든 정신이 깨어난다
수많은 솜털 씨앗들 가물거리다 사라진다

아득한 문장들

동사와 형용사가 섞여 비틀거리는 밤이다
신주쿠 빌딩 숲 속 '후터스' 찾아가는 길
말들이 주춤대는 동안 거리에는
젊은이들이 종이처럼 구겨져 나풀거린다
황궁의 일몰을 기다리던 사진사 몇 사람
원하는 황금 문장 몇 줄 건져 올렸을까
까마귀 한 마리 술안주로 잡아오라는
전언이 마음에 걸려 잠을 깨면
꿈속 어지럽던 문장들 심장에 쟁기질한다
제국의 구역 안에 다른 세상도 있구나
부딪히는 감탄사 너머 세월이 쌓여 있다
전부이거나 아무것도 아니거나 하는 생
꼬불꼬불 좁은 골목길에 줄지어 서 있다
섬뜩하게 말을 거는 오래된 골목 벽의 유령들
살아 있다는 것이 이리 눈물겹구나
머리 위로 밤새 시간이 덜컹거리고
여행자 가게마다 환하게 아픔이 깨어나는
비틀거리는 동사와 형용사 사이
입안에 맴돌다 사라지는 아득한 문장들이 있다

■ 해설

반성하고 성찰하는 자아의 근심과 걱정

— 김완의 시세계

이은봉

시를 쓰는 사람이라면 언젠가는 반드시 부딪치는 문제가 있다. '무엇을 쓸 것인가' 가 바로 그것이다. '무엇을 쓸 것인가' 라는 문제는 소재에 관한 문제이기도 하고, 주제에 관한 문제이기도 하다. '소재' 에 관한 문제는 질료에 관한 문제이기도 하고, 대상에 관한 문제이기도 하다. 이들 문제 중에서도 정작 중요하게 생각해야 할 것은 시를 이루는 대상에 관한 문제이다.

시에서의 대상은 외적인 것으로 존재할 수도 있고, 내적인 것으로 존재할 수도 있다. 물론 그것들이 상호 뒤섞인 채로 존재할 수도 있다. 부분적으로는 외적인 대상으로, 부분적으로는 내적인 대상으로 존재할 수도 있다는 것이다. 이때의 외적인 것은 객관적인 대상을 가리키고, 내적인 것은 주관적인 대상을 가리킨다. 객관적인 대상은 시에 받아들여지는 외적 사물을 가리키고, 주관적인 대상은 시에 받아들여지는 내적 심리를 가리킨다. 외적 사물은 시에 받아들여지는 자연물 등을 의미하고, 내적 심리는 시에 수용되는 의식이나 무의식 등을 의미한다.

김완의 시에 자리해 있는 대상이 내적 심리인 경우는 별로 많지 않다. 그의 시에 자리해 있는 대상은 자연물 등 외적 사물이나 시인 자신의 행위인 경우가 좀 더 많다. 이때의 외적 사물이나 시인 자신의 행위는 마땅히 주관적인 의식이나 상념이 아니라 객관적인 현상이나 사실로 존재한다. 시인 자신이 시의 대상으로 등장하더라도 저 자신의 내적 심리보다는 외적 행위인 경우가 대부분이라는 뜻이다. 그의 시의 대상이 갖고 있는 이러한 면은 다음의 시에 의해서도 익히 확인이 된다.

벚꽃잎 분분분 날리는
부곡정에 들어선다

연탄불 돼지 삼겹살 구이
상추에 마늘, 매운 고추 얹어
된장 쌈 하니
세상살이 여여(如如)하다

도가지 헐어 내온 갓지에
소주 한 잔 하니
가야 할 길들 환해진다

—「봄, 소주」 전문

이 시는 시인 자신의 행위를 묘사하는 데 초점이 있다. "벚꽃잎 분분분 날리는/부곡정에 들어"서는 시인 자신의 행위를 묘사하는 것에서부터 시작되는 것이 이 시이다. 그렇다. 객관적인 삼인칭 대상인 '그'의 행위가 아니라 주관적인 일인칭 대상인 '나'의 행위를 묘사하고 있는 것이 이 시이다. "연탄불 돼지 삼겹살 구이/상추에 마늘, 매운 고추 얹어/된장 쌈 하"는 행위, "도가지 헐어 내온 갓지에/소주 한 잔 하"는 행위 등이 그 구체적인 예이다. 이들 행위와 관련해 그는 "세상살이 여여(如如)하다"는, "가야 할 길들 환해진다"는 정서적 반응을 보여준다. 따라서 시인 김완의 내적 심리가 토로되어 있지는 않은 것이 이 시라고 할 수 있다. 물론 이때의 내적 심리는 한국 현대시의 한 경향이기도 한 병적인 멜랑콜리를 가리킨다. 그의 시가 이처럼 건강한 정신을 바탕으로 하고 있다는 것이다.

적잖은 한국 현대시는 병적인 멜랑콜리를 주된 정서로 받아들여 관심을 끌고 있다. 이로 미루어보면 그의 시에 수용되어 있는 건강한 정서는 남다른 바가 없지 않다. 등산이나 여행, 산책이나 소요 등의 과정에 만나는 사물과 경험, 그에 따른 긍정적인 정서를 바탕으로 하고 있는 것이 그의 시이기 때문이다. 이처럼 그의 시는 구질구질한 의식 내면의 병적인 멜랑콜리, 곧 우울, 좌절, 권태, 짜증, 불안, 초조, 상실 등 죽음의 정서와는 멀리 떨어져 있다. 시인 김완이 사람의 질병을 치유하는 의사이기도 하다는 점을 생각하면 이는 너무도 당연하다. 건강한 정신을 갖고 있지 않은 의사가 어떻게 남의 질병을 치유할 수 있겠는가.

그의 시에 드러나 있는 건강한 정서는 맑고 투명한 무구의 정서, 곧 순수의 정서를 뜻한다. 다음의 예 역시 그러한 뜻에서의 순수의 정서를 보여주고 있는 시이다.

삼복더위 속의 산행, 오랜 친구인
내변산 직소폭포와 놀다가
재백이 고개에서 내소사로 가는 길
오전 11시 30분경
구름이 해를 삼킨다
짱짱하던 여름 햇빛 움찔 놀란다
숲이 깜깜해지고
소란하던 풀벌레 울음소리 뚝 그친다
노루새끼 오줌발 같은 비 뿌린다
찰나의 고요……
우주는 여여하구나
미끈한 젊은 햇빛 다시 나온다
매미들 와, 하고 일제히 아우성친다

—「찰나」 전문

이 시에서 어둡고 음험한 정서, 구석지고 소외된 정서를 찾아보기는 힘들다. "여름 햇빛"처럼 밝고 환한 정서, 어린아이처럼 깨끗하고 순진한 정서가 주조를 이루고 있는 것이 이 시이다. 이 시의 이들 정서에 대해 '맑고 투명한 무구의 정서', 곧 '순수의 정서'라는 이름을 붙이기는 별로 어렵지 않다. 이처럼 밝고 환한 정서, 건강한 정서를 바탕으로 하고 있는 것이 그의 시의 한 특징이다.

시인은 지금 "오랜 친구인/내변산 직소폭포와 놀다가/재백이 고개에서 내소사 가는 길" 위에 서 있다. "삼복더위 속의 산행" 중에 있는 것이 이 시의 시인이다. 그는 "오전 11시 30분경" 그 길 위에 서서 "구름이 해를 삼"키는 것과 "짱짱하던 여름 햇빛"이 "움찔 놀"라는 것을 바라본다. 순간 그는 "숲이 깜깜해지고/소란하던 풀벌레 울음소리 뚝 그"치는 것을 느낀다. "노루새끼 오줌발 같은 비"가 뿌리고 있는데 말이다. "찰나의 고요"가 지나가자 그는 여여한 "우주" 속으로 "미끈한 젊은 햇빛"이 "다시 나"오는 것을 바라본다. "매미들 와, 하고 일제히 아우성"을 치는 것은 바로 그때이다.

이상의 논의에서도 알 수 있듯이 김완 시인은 주로 등산이나 여행 중에 만나는 자연물이나 자연현상으로부터 시적 발상을 얻는다. 외적이고 객관적인 대상으로부터 시적 상상력을 펼치고 있는 것이 그라는 것이다. 이로 미루어보면 그의 시는 등산의 산물이나 여행의 산물이라고 해도 과언이 아니다. 실제로도 고여 있거나 멈춰 있지 않은 것이, 끊임없이 움직이거나 떠돌아다니는 것이 시 속에서의 그이다. 이처럼 어딘가로 쏘다니는 것은 시 속에서의 그가 산책하는 자아, 소요하는 자아로서의 성격을 지니고 있기 때문이다. 산책하는 자아, 소요하는 자아가 고여 있는 자아, 앉아 있는 자아보다 좀 더 많은 깨달음, 좀 더 많은 아이디어를 얻는다는 것은 익히 주지하는 바이다. 끊임없이 움직이거나 떠돌아다니는, 쏘다니는 그의 자아가 따라서 안보다는 밖, 밀실보다는 광장을 선호하리라는 것은 자명하다.

이때의 밖, 이때의 광장은 일단 자연의 내포를 갖는다. 자연의 현상과, 그것이 지니고 있는 의미를 찾아 나서는 것이 김완 시의 자아라는 것이다. 물론 여기서 말하는 자연의 현상은 물물의 현상 그 자체를 가리킨다. 물물의 현상 그 자체라고 하더라도 그의 시 안에서는 그것이 늘 사람살이의 구체적인 면면들과 깊이 관련되어 있다는 것을 잊어서는 안 된다. 그의 시의 대상이 구체적인 삶의 일상과 무관한 자연물 그 자체의 사물성을 추구하지는 않는다는 것이다. 그의 시에 수용되는 자연의 현상이 지니고 있는 생활의 면면은 다음의 시에 의해서도 익히 확인이 된다.

> 한겨울 남녘 진도에 가서 보아라
> 바람 많은 섬마을 자드락밭
> 겨우내 눈이불을 둘러쓰고 있는 배추의 속살
> 늦게 철든 아이마냥 시나브로 야물어갔다
> 눈비 먹고 동지섣달 된바람 받아들이며
> 배추 뿌리는 찰진 흙의 속살 깊이 파고든다
> 가난해도 웅숭깊은 섬사람들처럼
> 눈치 보지 않고 서로의 체온으로
> 언 땅을 녹이니 흙은 말랑말랑 숨을 쉰다
> 봄 햇발이 겨울 눈 툭툭 털어내면
> 너나들이 만들어낸 삭은 맛
> 배춧속에 녹아든 사랑이 일품이다
>
> —「봄똥」 전문

이 시는 "겨우내 눈이불을 둘러쓰고 있는 배추", 이른바 봄똥을 대상으로 하고 있다. 봄똥은 채소가 본격적으로 생산되기 전인 이른 봄에 사람들의 식탁에 오르는 소중한 음식이다. 시인은 지금 "늦게 철든 아이마냥 시나브로 야물어"가는 이 봄똥을 "한겨울 남녘 진도에 가서" 만나고 있다. "눈비 먹고 동지섣달 된바람 받아들이며" "찰진 흙의 속살 깊이 파고든" 것이 봄똥이다. 이를테면 봄똥은 "눈치 보지 않고 서로의 체온으로/언 땅을 녹이"는 "가난해도 웅숭깊은 섬사람들"과 같은 존재이다. 이때의 봄똥은 민중적 음식이라고 불러도 좋을 만큼 서민적이다. 김완 시의 일각에는 이처럼 민중적 음식에 대한 따뜻하고도 정 많은 의지가 들어 있다. 그의 시 「봄, 소주」, 「민들레꽃들」, 「소주 한 잔」, 「기다림」 등과 함께하고 있는 '연탄불 돼지 삼겹살 구이', '국밥', '소주', '돼지 애호박 찌개' 등이 그 구체적인 예이다.

이처럼 그의 시에 받아들여지는 자연물은 삶의 활기에 기여한다. 뿐만 아니라 이때의 삶의 활기는 끊임없이 삶의 문제를 제기한다. 어떤 무엇보다 이는 그가 지식인으로서의 성격을 지니고 있기 때문으로 보인다. 지식인으로서의 성격을 지니고 있다는 것은 그가 오늘의 현실에 대해 이런저런 비판적 시각을 갖고 있다는 것을 뜻한다. 다음의 시야말로 그가 지니고 있는 지식인적 성격을 살펴볼 수 있는 또 하나의 예이거니와, 이 시에서도 그는 어딘가로 쏘다니고 떠돌아다니는 모습을 보여준다. 끊임없이 쏘다니고 떠돌아다니는 그가 새로운 깨달음이나 발견을 얻기 위해 고뇌하는 산책자나 소요자로서의 자아를 갖고 있다는 것은 불문가지이다. 그의 시에 드러나 있는 이러한 자아는 당연히 새로운 것을 보고, 알고, 익히고, 깨닫고, 비판하기 위한 수행자로서의 성격도 갖는다.

새벽녘 광주 제2순환도로를 달린다
서창 지하 차도 지나 극락강을 끼고 도는
상무대교와 유덕 톨게이트 사이쯤 가면
바람결 따라 시궁창 냄새가 난다
광주천이 극락강과 합쳐지며
도시의 온갖 더러운 것들
걸러지지 않은 채 흘러나오는 곳이다
화려한 빛고을의 조명 아래
도시의 숨겨진 부조리가 지금
시나브로 곪아가고 있는가 한때
(주)광주순환도로투자 대표이사가
청기와집의 장조카였다는 말이 사실일까
병원 연구실의 세면대도 고친 뒤부터
어찌된 일인지 시궁창 냄새가 올라온다
연구실에 들어설 때마다 구토를 느끼는
새벽녘 술이 덜 깬 내 몸 어디도
무언가 부패하고 있는 것일까
도시 전체가 죽음의 강이 되었구나

—「죽음의강」 전문

이 시에서 시인은 자동차로 "새벽녘 광주 제2순환도로를 달"려 "극락강을 끼고 도는/상무대교와 유덕 톨게이트 사이쯤 가"

고 있다. "바람결 따라 시궁창 냄새가" 풍겨오는데, 이는 "광주천이 극락강과 합쳐지"는 곳에서 "도시의 온갖 더러운 것들"이 "걸러지지 않은 채 흘러나오"고 있기 때문이다. 광주천이 합류하는 극락강은 이명박 정권의 4대강 공사 때 대폭 정비된 이후 지금은 다른 강들처럼 활기를 잃고 있다. 이제는 극락강도 수질 오염을 걱정하지 않을 수 없는 곳이라는 것이다.

마침내 시인은 극락강의 수질 오염과 관련해 "시나브로 곪아가고 있는" "화려한 빛고을의" "숨겨진 부조리"까지 자각하게 된다. 이어 그는 광주 제2순환도로 회사의 사주, 곧 "(주)광주순환도로투자"의 "대표이사가/청기와집의 장조카였다는 말이 사실일까" 하는 점을 되묻는다. 물론 그의 이러한 되물음 속에는 오늘의 왜곡된 현실에 대한 깊이 있는 비판적 시각이 들어 있다,

급기야 그는 극락강의 수질 오염과 관련해 "고친 뒤부터" "병원 연구실의 세면대"에서 올라오는 "시궁창 냄새"를 떠올린다. "병원 연구실의 세면대"에서 올라오는 "시궁창 냄새"가 "광주천이 극락강과 합쳐"지는 곳에서 올라오는 "시궁창 냄새"와 다르지 않다는 자각을 하는 것이다. 이는 결국 그에게 이 나라의 썩고 부패한 것이 극락강만이 아니라는 것을 깨닫게 한다. 이 땅의 썩고 부패한 것 모두에게 비판의 화살을 날리고 있는 것이 이 시에서의 시인인 것이다.

이로 미루어보면 이 시에서의 시인이 이 나라의 현실 일반에 대해 많은 관심을 갖고 있는 지식인이라는 것을 알게 된다. 지식인은 어떤 사람인가. 지식인은 당대 현실에 대해 끊임없이 걱

정하고, 근심하고, 우려하는 사람이다. 뿐만 아니라 지식인은 때로 탄식하기도 하고 때로 울기도 하며 자신의 처해 있는 어긋난 현실에 대해 울분을 토하는 사람이다. 지식인으로서 시인 김완이 보여주는 걱정과 근심, 우려와 탄식을 찾아보기는 별로 어렵지 않다. 자신의 시를 통해 그가 왜곡되고 모순된 오늘의 현실에 대해 보여주는 비판적 시각은 「기다림」, 「동서화합이라는 말」, 「오월에 내리는 비」, 「한 사람」, 「추한민국의 사월」 등의 시를 통해서도 익히 확인할 수 있다.

이들 시에 따르면 지금의 대한민국에는 억울한 사람들, 소외된 사람들이 너무도 많다. 그가 보기에는 "퇴근길 여의도에서" "경제가 파탄난 한 젊은이가 무시무시한 칼로 한반도의 아랫배를 깊이 찔"러대는 것이 오늘의 현실이다. 이러한 현실은 사람들이 지나치게 "자본주의 과일 맛에 길들"(「기다림」)어 있기 때문이기도 하고, "보수 언론 매체들"이 "역사 지우는 작업 한창"이기 때문이기도 하다. 그렇다고 하더라도 시인 김완은 "진리는 제멋대로 시절에 따라/달라지지 않는다"고 노래하며 "우리가 꿈꾸는 화엄 세상/언젠가 오리라는 믿음"(「오월에 내리는 비」)을 잃지 않는다.

이처럼 김완 시인은 자신의 시를 통해 낙관적이면서도 긍정적인 자아를 드러내고 있다. 그가 현실의 모든 부정적인 면에 저항의 칼끝을 들이대지 않고 있는 것도 다소간은 이와 무관하지 않다. 실제로는 저항의 칼끝과 다소 먼 곳에 존재하는 것이 그인지도 모른다. 저항의 칼끝보다는 정성스럽고 온전한 정서를 선호하는 것이 그이기 때문이다. 이와 관련해 정작 중요하게 생각해야 할 것은 시 속의 그가 끝내 고립 분산적이고 파편적인 모습을 보여주지 않는다는 점이다. 다시 말하면 충동적인 저항의 포즈를 보여주지는 않는 것이 그라는 것이다.

지식인은 사회적이고도 역사적인 인식을 바탕으로 당대의 현실이 지니고 있는 고통을 지각하는 사람이기도 하다. 지식인이 지니고 있는 이러한 면은 시 속의 그에게서도 익히 발견할 수 있다. 시를 통해 그가 늘 당대의 현실이 지니고 있는 고통에 적극적으로 동참하는 의지를 보여주기 때문이다. 어쩌면 그에게는 "하루하루를 산다는 것"이 "속도에 맞추어 시간을 견디는 일"인지 모른다.

바람재에서 토끼등으로 가는 길
무등산 덕산 너덜겅을 바라본다
켜켜이 쌓인 회색빛 시간이 풍화되어
무리 지어 흘러내리는 너덜겅
아득히 먼 지상의 모습은
가물거리는 과거일 뿐
시간은 시간의 부재 속에서 찬란하다
그리운 누군가를 떠나보내고
하루하루를 산다는 것은
속도에 맞추어 시간을 견디는 일이다
물러가지 않는 어둠과
그저 오래 눈 맞추는 일이다
무너지고 있는 것들의 아름다움이라니

저물고 있는 것들의 찬란함이라니
그리움도 슬픔도 무리 지어
모이고 흩어지는 너덜겅을 바라보는 것은
먼 하늘 지나가는 바람과 구름에게
오지 않은 시간을 물어보는 일이다

—「너덜겅 편지 2」 전문

이 시에서 시인은 지금 "무등산 덕산 너덜겅을 바라"보며 '시간'에 대해 사유하고 있다. 너덜겅의 '시간'에 대해 말이다. 너덜겅은 돌이 많이 흩어져 있는 산비탈을 가리킨다. "켜켜이 쌓인 회색빛 시간이 풍화되어/무리 지어 흘러내리는 너덜겅"의 모습에서, 이 "아득히 먼 지상의 모습"에서 그는 "가물거리는 과거"를 본다. "가물거리는 과거"는 그에게 "시간의 부재" 혹은 부재하는 시간으로 인식되고 있다. 이 부재하는 시간 속에서 그는 "하루하루를 산다는 것"이 "속도에 맞추어 시간을 견디는 일이"라고 받아들인다. 나아가 또한 그는 그것이 "물러가지 않는 어둠과/그저 오래 눈 맞추는 일이"라고 생각한다. 이러한 생각 속에서 그는 마침내 "무너지고 있는 것들의 아름다움"에 대해, "저물고 있는 것들의 찬란함"에 대해 깨닫는다.

인간은 너덜겅만큼이나 긴 시간을 이 지구상에서 살아오고 있다. 인간이 그 긴 기간을 사는 동안 어둠이 물러간 적이 있었던가. 이러한 질문과 관련해 정작 중요하게 생각해야 할 것은 시인이 "물러가지 않는 어둠"에 대해 깊이 깨닫고 있다는 점이다. 이때의 깨달음에 따르면 어둠 또한 삶의 일부라고 하지 않을 수 없다. 실제로는 이에 대한 깨달음이 이 시의 시인으로 하여금 너덜겅에서 "그리움도 슬픔도 무리 지어/모이고 흩어지는" 것을 발견케 하는 것이리라. 그가 "너덜겅을 바라보는 것"이 "먼 하늘 지나가는 바람과 구름에게/오지 않은 시간을 물어보는 일"인 까닭이 바로 여기에 있다.

이처럼 시를 통해 그는 끊임없이 쏘다니고 떠돌아다니면서도 현실의 의미를 깊이 있게 되묻고 깨닫는다. 현실의 의미를 되묻고 깨닫는 일은 삶의 의미를 되묻고 깨닫는 일과 다르지 않다. 끊임없이 반성하고 성찰하지 않는 사람이 삶의 의미를 바로 되묻고 깨닫기는 쉽지 않다. 나날의 삶의 의미를 바로 되묻고 깨닫기 위해서는 나날의 삶에 대한 지속적인 진찰과 진단이 필요하다. 지속적인 진찰과 진단을 통해 삶의 의미를 바로 되묻고 깨닫는 일은 "불편한 것"일 수밖에 없다. 언제나 그것이 삶의 진실을 추구하는 일과 관련되어 있기 때문이다. "진실은 진실로 불편한 것"(「진실은 불편한 것」)이다.

김완 시인은 의과대학을 나와 아주 오랫동안 의료현장에서 일을 해온 심혈관 전문의이기도 하다. 의사인 그는 인간의 심혈관 질환뿐만이 아니라 이 사회의 온갖 질병까지도 치유하고 싶어 하는 듯싶다. 개별 인간의 몸만이 아니라 이 사회의 온갖 질병까지 치유하고 싶어 하는 것이 그라는 것이다. 이로 미루어보면 그는 시업 또한 의업의 하나로 받아들이고 있는 것 같다. 역사와 사회의 오늘과 내일에 대한 지속적인 그의 관심이야말로 이러한 추측을 가능케 하는 근거이다. 의업과 다르지 않는 그의 시업에 대한 기대가 큰 것도 다름 아닌 이에서 비롯된다. 그가 성찰하고 반성하는 자아를 지니고 있는 걱정하고, 근심하고, 우려하는 지식인이라는 점을 생각하면 이러한 기대는 자못 분명해진다.

李殷鳳 | 광주대 교수 · 시인